Charles Dickens
PARA TODOS

© Sweet Cherry Publishing

Nicholas Nickleby. Baseado na história original de Charles Dickens, adaptada por Philip Gooden. Sweet Cherry Publishing, Reino Unido, 2022.

Dados Internacionais de Catalogação na Publicação (CIP)
Angélica Ilacqua CRB-8/7057

Gooden, Philip
    Nicholas Nickleby / baseado na história original de Charles Dickens, adaptação de Philip Gooden ; tradução de Talita Wakasugui ; ilustrações de Ludovic Salle. -- Barueri, SP : Amora, 2022.
    96 p. : il.

ISBN 978-65-5530-436-7
Título original: Nicholas Nickleby

1. Literatura infantojuvenil inglesa I. Título II. Dickens, Charles, 1812-1870 III. Wakasugui, Talita IV. Salle, Ludovic

22-4822   CDD 028.5

Índices para catálogo sistemático:
1. Literatura infantojuvenil inglesa

1ª edição

Amora, um selo editorial da Girassol Brasil Edições Eireli
Av. Copacabana, 325, Sala 1301
Alphaville – Barueri – SP – 06472-001
leitor@girassolbrasil.com.br
www.girassolbrasil.com.br

Direção editorial: Karine Gonçalves Pansa
Coordenação editorial: Carolina Cespedes
Tradução: Talita Wakasugui
Edição: Mônica Fleisher Alves
Assistente editorial: Laura Camanho
Design da capa: Pipi Sposito e Margot Reverdiau
Ilustrações: Pipi Sposito
Diagramação: Deborah Takaishi
Montagem de capa: Patricia Girotto
Audiolivro: Fundação Dorina Nowill para Cegos

Impresso no Brasil

GRANDES CLÁSSICOS

NICHOLAS NICKLEBY

Charles Dickens

amora

Praça Golden Square

Em uma pequena cabana, construída entre as colinas verdes e as praias de Devon, viviam os Nicklebys.

A família era composta pelo sr. Nickleby, sua esposa, a sra. Nickleby, e os dois filhos, Kate e Nicholas.

Nicholas e a irmã tiveram uma infância feliz no interior. Para eles, todas as manhãs pareciam o primeiro dia de verão. Nunca estava frio demais para brincar ao ar livre nem quente demais para ler perto do fogo. Eles não poderiam – mesmo que tentassem – pensar em um lugar melhor para viver do que Devon.

Já o tio deles, Ralph Nickleby, era muito diferente do irmão, o sr. Nickleby. Ele não era casado, não tinha filhos e também não tinha amigos. Preferia assim, dizia ele.

Ralph morava em uma bela casa ao redor da praça Golden Square, bem no centro de Londres. Como outros homens muito ricos, Ralph não amava nada além do dinheiro. Ele adorava economizar dinheiro, contar dinheiro e, acima de tudo, ganhar mais dinheiro. Para fazer isso, ele emprestava grandes quantias para pessoas em dificuldade e as obrigava a pagar com juros. Secretamente, Ralph ansiava pelo dia em que teriam que admitir que não poderiam pagar a dívida. Quando isso acontecia, Ralph tomava suas casas e negócios como pagamento pelo empréstimo.

Infelizmente, quando Nicholas e Kate ainda eram adolescentes, seu pai faleceu. Para piorar a situação, sua morte os deixou sem um centavo sequer de herança. Então, a sra. Nickleby e seus filhos decidiram se mudar para Londres.

Ela escreveu para o cunhado, pedindo ajuda. Afinal, eram da família, e ela achou que, com certeza, ele *deveria* cuidar deles. Estava errada.

Ralph tinha um assistente chamado Newman Noggs, um homem gentil e de bom coração.

Certa manhã, Newman bateu à porta do escritório do patrão:

— Entre — uma voz ressoou lá de dentro. Newman girou a maçaneta e atravessou a ornamentada porta.

— Chegou carta para o senhor — disse a Ralph, que estava sentado em sua escrivaninha, curvado sobre uma pilha de papéis.

Newman entregou então a carta da sra. Nickleby a Ralph com um aceno simpático. O envelope tinha uma borda preta e foi selado com

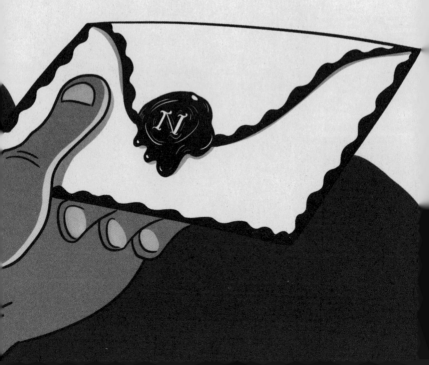

cera preta. Esses sinais eram de que a carta era sobre a morte de alguém.

Ralph reconheceu a caligrafia no envelope.

— Newman — disse ele. — Não há necessidade de parecer triste. Eu não ficaria surpreso ou abalado se meu irmão estiver morto.

— Não achei mesmo que se abalaria — disse Newman, baixinho.

— Por que não? — retrucou Ralph.

— O senhor nunca se abala com nada — respondeu Newman. — Só isso.

Ralph Nickleby pegou a carta, abriu o envelope e leu.

— Ele *está* mesmo morto — disse Ralph, tentando parecer triste. — Pobre de mim! Bem, foi repentino.

Newman suspirou. E não se deixou enganar pelo fingimento de Ralph.

— Ele tinha filhos? — perguntou.

— Sim, filhos vivos e uma viúva também — respondeu Ralph. — E os três estão em Londres. Que chatice.

Finalmente, depois de muitos resmungos, Ralph Nickleby saiu de sua casa na Golden Square e foi até a pequena casa onde a sra. Nickleby estava hospedada com Nicholas e Kate.

Ele não gostou de ver a cunhada, a viúva sra. Nickleby. Não gostou de ver a sobrinha Kate e nem o sobrinho Nicholas.

Na verdade, das três pessoas que agora estavam à sua frente, Nicholas era de quem ele menos gostava. Talvez fosse porque o jovem o fazia lembrar de seu irmão.

— Que bando de miseráveis vocês são — murmurou Ralph, baixinho. Então, olhou para cima e, sem nem dizer um "olá" decente, perguntou a Nicholas: — Você já trabalhou? Já ganhou algum dinheiro?

— Não — respondeu Nicholas.

— Achei mesmo que não! — disse Ralph. — Foi assim que meu irmão criou os filhos: de forma preguiçosa.

Triste com os comentários cruéis de Ralph e com a lembrança da morte do amado marido, a sra. Nickleby começou a chorar. Kate estava quieta. Nicholas, no entanto, começou a se irritar com o tio.

— Está disposto a trabalhar? — perguntou Ralph.

— Claro que estou — retrucou Nicholas.

— Então veja isto — disse o tio.

Ralph tirou um jornal do bolso do casaco e apontou para um pequeno anúncio que dizia:

— Se você está procurando emprego, meu sobrinho, aí está: um cargo de professor — disse Ralph Nickleby.

— Mas cinco libras não são muito para um ano de trabalho — rebateu Kate. — E Yorkshire é tão longe.

— Silêncio, Kate, minha querida — disse a sra. Nickleby. — Seu tio sabe das coisas.

— O que acontecerá com minha mãe e minha irmã se eu for para Yorkshire? — perguntou Nicholas.

— Eu vou dar um jeito nelas — respondeu Ralph rispidamente, antes de limpar a garganta e recomeçar. —

Vou cuidar delas, quero dizer. Mas só se aceitar o emprego — disse ele, com uma voz bem mais suave.

Nicholas concordou e foi com o tio para a Estalagem White Horse. Lá eles encontraram o sr. Wackford Squeers.

O sr. Squeers era um homem baixinho e gorducho. Seu rosto era deformado e cheio de cicatrizes de um lado, como se tivesse se aproximado demais do fogo algum dia. Ele não se parecia com nenhum professor ou diretor que Nicholas já tivesse visto. Com ele estavam dois garotos de aparência triste. Eram alunos novos na Mansão Dotheboys.

O sr. Squeers estava levando todos eles de Londres para Yorkshire.

Na verdade, o sr. Nickleby e o sr. Squeers pareciam se conhecer. Eles acenaram um para o outro, levantaram-se e foram até um canto da estalagem. Depois de alguns minutos de sussurros particulares, os dois retornaram.

— O emprego na Mansão Dotheboys é seu. — disse o sr. Squeers, com voz rouca.

Ao deixar a Estalagem White Horse, Nicholas falou para o tio:

— Obrigado por me ajudar com o emprego. Jamais esquecerei essa gentileza.

— Certifique-se de que não esqueça mesmo — retrucou Ralph.

— A carruagem para Yorkshire sai daqui amanhã às oito horas. Não se atrase.

Ralph entregou a Nicholas uma pilha de papéis. — Leve-os para a minha casa — disse ele. — Tenho alguns negócios a tratar.

Nicholas fez o que lhe foi dito. Ao entrar na casa em Golden Square, foi recebido por Newman Noggs. Newman ficou surpreso ao conhecer o sobrinho de Ralph. E ficou ainda mais surpreso quando Nicholas lhe contou que ia para a Mansão Dotheboys e que estava "agradecido pela oportunidade".

— Mansão Dotheboys? — disse Newman, esfregando o nariz vermelho. — Você é *grato* ao sr. Nickleby por mandá-lo trabalhar na Mansão Dotheboys? Ora, ora.

Então ele suspirou e deu um tapinha no ombro de Nicholas.

Se Nicholas não fosse tão inocente, poderia ter pensado que Newman Noggs estava com pena dele.

Mansão Dotheboys

Na manhã seguinte, a sra. Nickleby e Kate se despediram de Nicholas na Estalagem White Horse. Ralph Nickleby também estava lá, embora não se desse ao trabalho de se despedir do sobrinho.

O sr. Squeers apareceu com os dois meninos tristes, que mais pareciam prisioneiros do que alunos. Eles eram, de acordo com o sr. Squeers, os irmãos Snawley.

Enquanto Nicholas subia para seu lugar na carruagem, sentiu alguém puxando sua perna. Era Newman Noggs. Ele enfiou uma carta na mão de Nicholas.

— O que é isso? — perguntou Nicholas.

— Silêncio! — respondeu Newman Noggs, apontando para Ralph Nickleby. — Não deixe que ele o ouça. Apenas pegue e leia.

Confuso, Nicholas guardou a carta no bolso do casaco e deu adeus para sua família.

Foi uma viagem longa e fria de Londres até a Mansão Dotheboys. Nicholas e os miseráveis irmãos Snawley viajaram em cima da carruagem até o condado de Yorkshire. Eles sentiram o gelo do vento e da neve.

O sr. Squeers, enquanto isso, estava dentro da carruagem. Os assentos lá eram mais caros que os assentos ao ar livre, na parte de cima.

Por fim, chegaram. O lugar era um casarão grande e velho, sem cor, bem ao lado dos pântanos de Yorkshire. Nicholas, o sr. Squeers e os irmãos Snawley desceram da carruagem.

— *Essa* é a Mansão Dotheboys? — perguntou Nicholas.

O sr. Squeers riu.

— Chamamos de "mansão" em Londres porque soa melhor, Nickleby — disse ele. — Qualquer um pode chamar sua casa de mansão, castelo ou palácio, não é? Não há lei contra isso.

O sr. Squeers bateu com a bengala nos portões de madeira trancados, em frente ao casarão. Depois de alguns minutos, uma figura manca apareceu do outro lado e abriu o portão de madeira.

— É você, Smike? — perguntou Squeers.

— Sim, senhor — respondeu o menino manco.

— Por que demorou tanto para chegar aqui?

— Desculpe, senhor, eu adormeci perto do fogo.

— Fogo! Quem acendeu o fogo? Onde?

— Na cozinha, senhor — disse Smike.

Imediatamente o sr. Squeers ficou muito zangado. E com sua bengala bateu três vezes em Smike. O menino gemeu, mas não se mexeu. Uma única lágrima silenciosa escapou dos olhos de Nicholas – ele nunca tinha visto tanta crueldade antes.

Lentamente, todos caminharam em direção ao casarão sombrio.

Esse foi o início do tempo infeliz de Nicholas na Mansão Dotheboys. Ele logo viu que era um lugar horrível.

Havia cerca de trinta meninos na escola. Eles se vestiam com trapos, comiam apenas restos de comida e não aprendiam quase nada. Morriam de medo do sr. Squeers. Ele os ameaçava e muitas vezes os espancava.

Esses meninos infelizes, como os irmãos Snawley, estavam lá porque seus pais não os queriam em casa. Colocá-los na Mansão Dotheboys era como mandá-los para o espaço sideral – um lugar tão distante e isolado de Londres que eles poderiam fingir que os filhos não existiam.

O sr. Squeers tinha uma ajudante, sua esposa. Ela era, no mínimo, ainda pior que o marido. Todas as manhãs, ela dava colheradas de melado amargo aos meninos para reduzir o apetite deles, para que não comessem demais.

Nicholas teria partido imediatamente se pudesse. Mas sabia que o tio só cuidaria da mãe e da irmã se ficasse lá. Esse era o acordo e ele não podia decepcionar sua família.

Numa noite fria, agachado junto à pequena lareira, Nicholas encontrou a carta de Newman Noggs que havia enfiado no casaco.

E começou a lê-la.

Newman escreveu que, caso Nicholas alguma vez precisasse de abrigo em Londres, poderia procurá-lo. E deu seu endereço – um quarto individual na Silver Street, uma rua perto da Golden Square.

Nicholas sentiu as lágrimas ardendo em seus olhos pela segunda vez desde sua chegada a Mansão Dotheboys. Só com essa carta, Newman Noggs mostrou que era mais amigo de Nicholas do que seu tio Ralph jamais fora. Enquanto dobrava a carta, Nicholas notou um movimento brusco no canto do olho.

Era Smike, o menino que havia destrancado os portões. Ele estava tentando chegar mais perto do fogo. Quando viu que Nicholas olhava para ele, Smike se encolheu de medo.

— Não tenha medo — disse Nicholas. — Está com frio?

— N-não.

— Você está tremendo.

— Não estou com frio — rebateu Smike rapidamente. — Estou acostumado com ele.

— Aproxime-se — pediu Nicholas. — Aproveite o pouco calor que existe.

— O-obrigado, senhor.

A partir daquele momento, Smike tornou-se um amigo fiel de Nicholas.

Smike era mais velho que os outros meninos. Nicholas soube que ele havia sido deixado naquele lugar muitos anos antes.

Ninguém pagava as taxas de Smike agora. Mas Squeers o manteve porque ele era um faz-tudo dentro e fora da escola, lá no frio congelante... Smike trabalhava duro, mas, em troca, recebia apenas palavras maldosas e alguns pontapés.

Nicholas sentia pena de todos os meninos da escola, especialmente de Smike.

Uma Grande Fuga

Certa manhã, Smike desapareceu. Sem nenhum aviso, ele fugiu da Mansão Dotheboys!

O sr. e a sra. Squeers se dividiram para procurar o garoto. Depois de um dia inteiro de buscas, foi a sra. Squeers quem o encontrou. Ela trouxe Smike de volta, amarrado como um animal na parte de trás de sua carroça.

O sr. Squeers reuniu toda a escola. Ele ia punir Smike na frente de todos, inclusive Nicholas. Ia fazer dele um exemplo.

Smike estava sujo. Suas roupas já esfarrapadas tinham novos buracos e rasgos. Seus dentes rangiam de medo e frio, e o rosto estava sujo de terra.

Squeers agarrou o braço de Smike com firmeza com uma mão e ergueu a bengala com a outra.

— Pare! — gritou Nicholas. E se aproximou.

Squeers bateu com a bengala em Nicholas e o cortou no rosto.

Nicholas pegou a bengala e virou-a contra aquele abominável diretor. Ele não aguentava mais aquela crueldade.

Squeers caiu no chão enquanto os meninos olhavam tudo com espanto.

A sra. Squeers gritou. Cerrando os punhos, ela correu na direção de Nicholas e bateu nas costas dele.

Mas, com a mão esquerda, Nicholas
a empurrou para longe.

Agarrando a mão de Smike, Nicholas correu para fora da sala de aula. Em poucos minutos, a dupla estava correndo lá fora, na estrada, para bem longe da Mansão Dotheboys.

Nicholas mal teve tempo de pegar seus poucos pertences antes que o sr. e a sra. Squeers viessem correndo atrás dele. Mas o pobre Smike não tinha nada além das roupas do corpo.

Cansados, famintos e sofrendo com o andar manco de Smike, os dois amigos levaram muitos dias para chegar a Londres. Nicholas tinha um pouco de dinheiro. Era o suficiente para comprar comida e pagar, às vezes, uma cama em uma estalagem barata. No entanto, quando as estalagens eram muito caras, a dupla procurava um celeiro ou uma cabana abandonada para dormir.

Por fim, eles chegaram à Silver Street em Londres e bateram suavemente à porta de Newman Noggs. Newman pareceu muito feliz em vê-los. Ele os abrigou em seu quartinho e dividiu seu jantar com os dois.

Kate Escapa por um Triz

Se Nicholas *realmente* acreditava que seu tio Ralph cuidaria da mãe e da irmã, então estava errado.

É verdade que Ralph Nickleby encontrou uma casa para elas morarem – um lugar pequeno, escuro e sujo perto do Rio Tâmisa. Também é verdade que ele arranjou um emprego para Kate com uma costureira chamada Madame Mantalini.

Mas ela ficou com inveja por Kate ser jovem e bonita e fez o possível para fazer da vida de Kate um inferno.

Nicholas não tinha ideia de quão horrível tinha sido a vida de Kate desde que ele partiu. Quando voltou para Londres com Smike, ficou muito feliz por ver a mãe e a irmã novamente.

Mas enquanto ele e Smike estavam indo para Londres, o sr. Squeers escreveu para Ralph Nickleby, contando-lhe sobre os eventos na mansão. Naturalmente, o sr. Squeers fez tudo parecer muito pior do que tinha sido. E chegou até a acusar Nicholas de roubar as joias da esposa.

— Não é verdade! — gritou Nicholas. Mas o tio não quis ouvi-lo. Disse que se Nicholas não fosse embora de Londres imediatamente, não teria mais nada a ver com a sra. Nickleby ou Kate.

O tio as despejaria de sua pequena e suja casa e faria de tudo para Kate perder o emprego com a Madame Mantalini.

Nicholas não tinha escolha.

Ele partiu com Smike, planejando ir para Portsmouth. E achou que juntos poderiam encontrar trabalho em um navio, talvez até deixar a Inglaterra e aquelas horríveis lembranças para trás.

No entanto, antes de chegar a Portsmouth, Nicholas e Smike encontraram uma companhia de teatro itinerante, dirigida por um homem alto e alegre chamado Vincent Crummles. Ele, sua esposa e os outros atores viajavam de cidade em cidade apresentando peças de teatro.

Até os filhos pequenos dos Crummles participavam dos

espetáculos. O sr. Crummles estava sempre à procura de novos rostos. E convidou Nicholas e Smike para se juntarem ao grupo.

Nicholas nunca havia atuado antes, mas logo descobriu que era bom nisso. Ele foi escalado como Romeu na releitura da peça *Romeu e Julieta*, de William Shakespeare. Smike também teve um pequeno papel a interpretar, que adorou. A dupla finalmente estava feliz.

No entanto, como a maioria das coisas boas, isso logo chegou ao fim. Nicholas recebeu uma carta de Newman Noggs, que estava de olho em Kate e na sra. Nickleby. A carta dizia a Nicholas que ele deveria retornar imediatamente a Londres. Era uma emergência.

Aparentemente, a pobre Kate fora envolvida nos negócios suspeitos do tio. Ralph sabia que a sobrinha era linda e que sua beleza costumava atrair clientes. Um deles foi um jovem nobre.

Toda vez que ele ia pedir dinheiro emprestado, Ralph incentivava a ideia de que, um dia, ele poderia se casar com Kate. Toda vez que fazia isso, o nobre voltava para pedir mais. E quanto mais dinheiro ele pegava emprestado, mais pagava de volta. Isso significava que Ralph estava ficando cada vez mais rico graças à sobrinha.

Kate estava muito triste. Ela quis falar com a mãe sobre isso, mas não adiantou. A sra. Nickleby achava que Ralph sabia das coisas, não importava o que fizesse. E quando falou de um nobre querendo se casar com sua filha... bem, a sra. Nickleby gostou bastante da ideia.

Sem saber a quem recorrer, Kate contou a Newman Noggs sobre o tio e o nobre.

— Não se preocupe, Kate — disse Newman quando deu um lenço para Kate enxugar as lágrimas. — Vamos resolver isso. Vou escrever para o seu irmão imediatamente.

Depois de ler a carta, Nicholas e Smike despediram-se rapidamente da família Crummles e partiram mais uma vez para Londres.

Nicholas foi direto para a casa do tio na Golden Square, zangado demais para bater educadamente à

porta. Ele prosseguiu – com as botas sujas e tudo – até o escritório de Ralph.

— Como pode tirar proveito de Kate dessa maneira? — ele rugiu. — Ela é sua sobrinha! Não uma propaganda para o seu negócio!

O rosto de Ralph endureceu.

— Eu não fiz nada errado. Negócios são negócios. Que mal há em um jovem tolo se sentir atraído por Kate? Ela não está sendo vendida no mercado como um peixe morto!

Nicholas não aguentava mais. E disse ao tio que ele, sua mãe e Kate não precisavam mais dele. Então, a sra. Nickleby e Kate foram obrigadas a deixar a pequena e suja casa perto do Tâmisa, e Kate perdeu o emprego com a Madame Mantalini.

Finalmente estavam livres do tio Ralph, mas para onde iriam?

Os Irmãos Cheeryble

Tudo começou a mudar para Nicholas e sua família. E mudou para melhor.

Nicholas estava olhando anúncios de emprego em um escritório. Ao seu lado, um senhor de idade bem-vestido também olhava os anúncios. Ele tinha um rosto gentil e parecia ser simpático.

— Está procurando emprego, senhor? — perguntou Nicholas.

— Eu? Não — disse o homem alegre. — Mas você está procurando um, não é?

Nicholas admitiu que sim. Aquele homem era tão receptivo e amigável foi fácil engatar uma conversa com ele. Seu nome era Charles Cheeryble. Ele insistiu para que Nicholas fosse com ele ao seu escritório.

O lugar ficava em uma praça tranquila perto do Banco da Inglaterra. Na porta do escritório havia uma placa: IRMÃOS CHEERYBLE.

Nicholas foi apresentado ao irmão de Charles, Ned. Eles eram idênticos em todos os sentidos, até nos rostos alegres e sorridentes.

Os gêmeos tinham vindo para Londres anos atrás.

— No começo, éramos tão pobres que não tínhamos nem sapatos — contou Charles.

Ned balançou a cabeça: — Mas olhe para nós agora!

Ele e Charles pareciam encantados e surpresos por terem chegado tão longe, apesar da origem humilde.

Os gentis e trabalhadores irmãos Cheeryble eram tão diferentes de Ralph Nickleby quanto qualquer um poderia ser. Eram generosos, não mesquinhos. Eram generosos e usavam o dinheiro para fazer o bem aos outros. Nada de mesquinharia. E, por acaso, eles procuravam um novo funcionário. Pediram a Nicholas que começasse imediatamente e ofereceram uma casa à sua família. Eles tinham uma casinha nos arredores de Londres e disseram que os Nicklebys (e Smike) podiam ficar lá o tempo que quisessem.

Feliz com sua vida nova, Nicholas conheceu uma moça chamada Madeline Bray, que era cliente dos irmãos Cheeryble. Era linda e gentil, e Nicholas se encantou com a jovem.

Um Susto de Smike

Os irmãos Cheeryble costumavam visitar a casinha onde os Nicklebys moravam. De vez em quando, o sobrinho deles também ia. Seu nome era Frank Cheeryble e, como seus tios, era generoso, receptivo e alegre. Frank ficou muito próximo de Kate Nickleby, e ela, dele.

Mas enquanto a família vivia feliz nos arredores de Londres, Ralph Nickleby tramava um plano. Ele queria vingança.

❧

Certa noite, os Nicklebys e Smike estavam em casa com Frank Cheeryble. O céu escureceu e a lua se aconchegou nas nuvens de algodão. Frank se preparava para ir embora quando, de repente, ouviu uma batida forte à porta.

Nicholas nem teve tempo de se levantar antes que três homens entrassem. E reconheceu dois deles: seu tio Ralph e o sr. Squeers. O terceiro, no entanto, era um homem baixo, de nariz pontudo. Ele tinha mesmo um ar de uma pessoa muito, muito cruel.

— O que está fazendo aqui? — perguntou Nicholas ao tio.

— Vou devolver um filho ao pai — respondeu Ralph, olhando para Smike.

— Este cavalheiro aqui é o sr. Snawley — explicou o sr. Squeers. — Ele é o pai de Smike.

Nicholas se lembrou dos dois meninos miseráveis indo para a

Mansão Dotheboys. O homem de nariz pontudo devia ser o pai deles... Será que do Smike também?

Para provar, o homem foi direto até Smike e o agarrou pelo braço.

— Achei! Ah, se achei! Minha própria carne e sangue! — exclamou o sr. Snawley.

— Não pode ser verdade — disse Nicholas atordoado.

— Temos cartas e documentos para provar — rebateu Ralph.

O sr. Snawley soltou Smike, que foi mancando até o amigo.

— Eu... eu não quero ir, Nicholas. P-p-por favor.

— Quero meu filho — disse o sr. Snawley.

— Seu filho pode escolher por si mesmo. Ele escolheu ficar aqui conosco, e ficará — respondeu Nicholas.

Ralph, o sr. Squeers e o sr. Snawley olharam para Nicholas, que estava ali com os punhos cerrados.

Por fim, os três homens se viraram para ir embora, mas não antes de fazer uma ameaça final.

— Cuidado, Smike — disse Ralph.
— Mais cedo ou mais tarde, eu vou
dar um jeito em você.

Nicholas logo percebeu que o plano
de Ralph de levar Smike era apenas
para se vingar *dele*.

Smike nunca foi forte. Anos de
abandono e maus-tratos causaram
isso. E, com o choque de rever o sr.
Squeers, Smike adoeceu.

Nicholas decidiu levá-lo para o
condado de Devon, onde ele e Kate
cresceram. Ele esperava que a paz e
a tranquilidade do interior pudessem
ajudar na recuperação de Smike.

Nicholas e Smike chegaram a Devon junto com o outono. As árvores tinham as folhas douradas, mas os campos ainda estavam tão exuberantes e verdes quanto Nicholas se lembrava.

Smike aproveitou o tempo no interior, mas não melhorava. Como as folhas de outono, ele estava perdendo a cor lentamente. Logo, já não tinha mais forças para andar ou até mesmo se levantar da cama. Ainda assim, ele estava feliz por estar com o amigo Nicholas.

Os dois amigos passavam horas intermináveis conversando, rindo e contando histórias um para o outro.

Nicholas ficou ao lado de Smike até o fim.

ॐॐ

Após a morte de Smike, Nicholas voltou para Londres. Muita coisa aconteceu enquanto ele esteve fora.

O sr. Squeers e o sr. Snawley foram presos por falsificar os documentos que tentavam provar que o sr. Snawley era o pai de Smike.

Depois que souberam da prisão do sr. Squeers, todos os meninos miseráveis da Mansão Dotheboys comemoraram. Eles estavam livres!

Primeiro, forçaram a sra. Squeers a beber um pouco da mistura horrível do melado que ela dava a eles todas as manhãs. Depois, fugiram do casarão velho e sem cor nos pântanos de Yorkshire e nunca mais olharam para trás.

Newman Noggs também esteve ocupado. Ele havia descoberto a verdade sobre o pai de Smike. Não era o sr. Snawley, é claro. O verdadeiro pai de Smike era Ralph Nickleby!

Muitos anos atrás, Ralph Nickleby havia se casado com uma mulher que deveria herdar uma fortuna da família – ele achava que seria um homem rico, possivelmente ainda mais rico do que era agora. Mas não demorou muito para a esposa descobrir exatamente que tipo de homem era Ralph. Um ser cruel e ganancioso, e ela não o suportava.

Ela fugiu, embora estivesse esperando um bebê.

O bebê nasceu, mas não era desejado. O pequeno Smike fazia a mãe se lembrar demais do marido e, por isso, a criança foi mandada para a Mansão Dotheboys.

Ralph Nickleby nunca soube que era pai. E ele certamente não fazia ideia de que era o pai do pobre Smike. Quando Newman Noggs lhe contou,

Ralph se sentiu – provavelmente pela primeira vez na vida – envergonhado.

Todos os planos de Ralph fracassaram: seu negócio de empréstimos de dinheiro estava desmoronando, e seu plano para se vingar do sobrinho tinha saído completamente fora de seu controle. Nem mesmo suas preciosas pilhas de dinheiro poderiam consolá-lo agora.

Ralph Nickleby ficou desesperado.

Ele voltou para sua grande casa na Golden Square. Fechou e trancou as portas e as cortinas e subiu as escadas até o andar superior da casa. Abriu então a porta do sótão e se trancou lá dentro. E ali, naquele sótão empoeirado, cercado por móveis velhos e pilhas de papéis, ele definhou como uma maçã podre.

Felizmente, esse conto trágico traz uma coisa boa.

Os Nicklebys estavam juntos mais uma vez, vivendo entre as colinas verdes e as praias de sua amada cidade Devon.

Enquanto Nicholas esteve fora, Frank Cheeryble pediu Kate em casamento, e os dois agora estavam casados e felizes. Nicholas também encontrou o amor: Madeline Bray, a jovem bela e gentil que conheceu quando trabalhava para os irmãos Cheeryble.

Ao longo dos anos, mais mudanças aconteceram. Nicholas tornou-se sócio da empresa dos Cheerybles,

que agora se chamava: Cheeryble e
Nickleby. Kate e Frank e também
Nicholas e Madeline tiveram filhos,
e Newman Noggs tornou-se um avô
para todos eles.

Mas, mesmo com o passar dos anos e a família crescendo e mudando, Nicholas ainda tirava tempo para admirar os campos alegres do lado de fora de sua janela e se lembrar de seu melhor amigo, Smike.

Charles Dickens

Charles Dickens nasceu na cidade de Portsmouth (Inglaterra), em 1812. Como muitos de seus personagens, sua família era pobre e ele teve uma infância difícil. Já adulto, tornou-se conhecido em todo o mundo por seus livros. Ele é lembrado como um dos escritores mais importantes de sua época.

Para conhecer outros livros do autor e da coleção *Grandes Clássicos*, acesse: www.girassolbrasil.com.br.